행복지수가 뜬 날

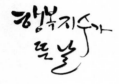

초판 1쇄 인쇄일 2013년 12월 24일
초판 1쇄 발행일 2013년 12월 30일

지은이 김소담
펴낸이 양옥매
디자인 양경화

펴낸곳 도서출판 책과나무
출판등록 제2012-000376
주소 서울특별시 마포구 월드컵북로 44길 37 천지빌딩 3층
대표전화 02.372.1537   팩스 02.372.1538
이메일 booknamu2007@naver.com
홈페이지 www.booknamu.com
ISBN 978-89-98528-87-4 (03800)

이 도서의 국립중앙도서관 출판시도서목록(CIP)은 서지정보유통지원 시스템
홈페이지(http://seoji.nl.go.kr)와 국가자료공동목록시스템
(http://www.nl.go.kr/kolisnet)에서 이용하실 수 있습니다.
(CIP제어번호 : CIP2013028435)

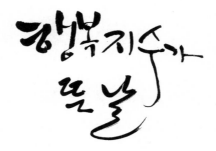

행복지수가 뜬 날

김소담 지음

책과나무

　글을 끝마쳤을 때에는 늘 이상한 마음이 듭니다. 아침부터 개운한 햇살을 받고 있기 보다는 벌거숭이가 된 채, 뒤끝이 서린 입맛이 돕니다. 언제나 현실을 살아가는 우리의 모습도 늘 뒤끝이 서린 것 같습니다. 우리의 생활이 어떤 조건 속에 머물던, 어떤 환경 속에 놓여 있던 현실과 상상과 영혼의 소통이 필요하다고 봅니다. 현실과 상상과 영혼의 소통은 분리된 것이 아닌 순환의 과정일 것입니다. 그런데 너무 쉽게 그런 모습들을 잊어버립니다. 그럴 수밖에 없을지도 모른다는 생각마저 듭니다. 우리가 현실과 상상, 영혼의 세계에 대하여 아는 것이 어느 정도인지, 또는 그 자체마저도 모르며 살고 있기 때문일 것입니다.

　어느 날 결혼식장엘 갔습니다. 예쁜 신부가 소담화를 손에 들고 있었습니다. 너무 화사하다 못해 눈이 부실 정도로 아름답게 빛났습니다. 나는 그때에 시는 그런 존재여야만 한다고 다짐했습니다. 현실과 상상과 영혼의 세계를 눈부시게 하는 해맑은 존재, 현실과 상상과 영혼이 함께 춤추는 삼박자는 시(詩) 밖에 없다고 생각했습니다. 우리에게 새로운 믿음으로(by faith) 나아갈 때에 주어지는 기적과 같은 삼박자의 축복, 그래서 보이는 것보다 보이지 않은 것을 소중하게 생각합니다.

보이는 것이 다일까요? 그렇지는 않을 것입니다. 오히려 보이는 것은 가시화, 혹은 피상적인 현실일 뿐이고 보이지 않은 상상과 영혼의 세계가 생의 가치를 재발견하는 기쁨이 될 것입니다.

어느 날 문득 하늘을 올려보다가 깨달았습니다. 우리는 언제나 현실과 상상과 영혼의 세계를 오고 가며 살아가야만 하는 존재라는 것을, 그리고 인생이라는 계절을 수시로 타야만 건강하다는 것입니다. 그런데 우리는 너무 쉽게 현실만을 인정하고 상상과 영혼의 세계를 거부합니다.

이제 한동안 매달려 있는 현실과 상상, 영혼의 연결 고리를 잠시 벗으려고 하니 눈물이 집니다. 그러나 또 다시 배시시 웃습니다. 그래도 행복한 날이기 때문입니다.

2013년 12월
삼박자의 교감을 꿈꾸며
저자 배상

~ 둘. 상상과의 소통

~ 셋. 영혼과의 교감

하나. 생활 속의 난장

카페의 초상

늘 상 바람에게
몸뚱이를 내어 맡긴 채
더위를 먹은 사각의 현수막이
일렁거린다
행인의 시선을 붙들어 세우던
널뛰기 그네를 닮은 자태

전봇대에 전신을 매달았다
오후의 햇살이 뜨거울 땐
맥없이 늘어진 잔 근육들
씰룩되던 경련의 몸짓

너는 바람을 타던
또 다른 춤꾼인가 보다
비좁은 골목을 헤집던
소심한 바람에도
손짓 발짓 발광하던
과장된 흥정 행위

온 몸을 배배꼬며
휘청거리던 테이크아웃*take-out*

전신을 행위예술의 문신으로
새겨 넣었다
양팔을 벌린 온 몸뚱이로
행인을 붙들고
오감을 유혹하던
카페의 초상
입체 빛 파도를 타며
네온사인을 즐기던
길거리의 무허가 물욕

아주 가끔은
수줍은 듯 나폴 되다 가도
스트레칭의 허리 돌림은
또 다른 호객 행위의 전신 마술

너를 비켜가던 찡그린 미소가
바람의 뒤 끝을 좇아
골목 안으로 흩어져도
눈길 한 번 주지 않던
이방인의 시선
너는 물욕의 대리인으로
힘겨움에 지쳐 있어도
발끝을 치켜세운 채
밤낮 바람을 기다린다

엉터리

질경질경
기억을 곱씹던 찰나의 질시
권력의 링 위에서
펼치던 최후의 만찬

제각각의 미소마다
삼삼오오 춤추던 비릿한 눈빛
어느 순간
망연의 카운트 펀치

끝장 토론에서
뒤 끝만을 남긴 채
웃고 있던 바보입니다

갤럭시 폰의 뒤 끝

마치 선물상자 속 가상의 세계를 풀었다
신기한 과자 꾸러미를 닮은
현실을 빙자한 가상의 시계
제 각각의 버튼들이 포장지 마냥후각을 잃어버린
망각의 냄새

활화산 같이 분출되던 욕구는
하드의 노끈을 풀어 놓고
손끝으로 톡톡 두드릴 때마다
가상공간으로 뻗어 나가던 액정들
무한한 영상으로 나를 끌어 들인다

어느 순간 텅 빈 머리만 남아도는
망각의 기억, 제각각의 감성들이 사라지고
겹겹이 펼쳐진 오로라의 자기장 같은 눈부심
너는 발끝 한 번 닿지 않은 무인도처럼
순간순간 깜박거리던 지식의 탯줄

시계의 향연을 채 느끼기도 전에
현실로 회귀하면
거푸집 같은 검은 장막에 휩싸이고
꿀 맛 같은 신비를 잃어버린
텅 빈 선물상자의 허물처럼

숱한 망각더미의 기억들만
바이러스에 걸린 듯 몽롱하다

구형 라디오

새빨간 점박이 딱정벌레를 닮았다
축소된 외형의 돌연변이
누군가를 닮았다는 것은
철모르던 외상의 은유
마치 원숭이의 두 눈을 닮은
눈썹 없는 둥근 눈동자
가시철망으로 뒤덮인 눈동자에 힘을 주고
더듬이를 뒤 흔들며
FM 주파수의 눈금을 맞추던 날
한 여름 온도계의 수은주가 오르내린다
숨 가쁜 파장이 이글거린다
두뇌가 없음에도 카타르시스를 향한
파닥 파닥 되던 작은 날개 짓
혀끝이 없음에도 단맛을 향한
삶의 기복이 그립다며
실룩임으로 깜빡 거린다
기억의 기억을 되짚으며 더듬거린다
오직 한 길로 달려갔던 정오의 심장박동

행복지수가 뜬 날

시간의 체관부를 타고 흘러갔던 질주의 코스

거친 호흡의 파장을 끊을 때도

더듬거리듯 기억 속에 품었다 내어뱉은

뚜–뚜 거리던 정오의 알람맞춤

설익은 듯 서 있던

정지 시점의 인연 하나

덜컥 그리울 때가 있다

출근길 행렬

잠이 덜 깬 아침에
굴다리 밑
뻣뻣하게 굳은 군상들이
앞으로만 전진하던
아침햇살이 고인 하늘

붙박이 텃새들이
봄, 여름, 가을, 겨울
낯익은 시간을 갈아입고
낯익은 계절을 갈아입어도
기침조차 멈추지 않던
발걸음의 행진 행렬

거친 숨결이 꿈틀되는 시간
설익은 눈꺼풀들이
풀린 눈동자를 가다듬고
목적지를 향하여 뛰어가던
종종걸음의 종착 역

행복지수가 뜬 날

겁 없이 휘날리던 출근길 행렬
머리털 하나하나가
파뿌리처럼 흩어져도
누구하나
보듬는 이가 없습니다

퇴근길 행렬

퇴근시간이 되면
길거리 튀김 점포에는
흑인을 닮은 만삭의 육신
나선의 이방인들이
대기선의 고르케가 됩니다

모국의 사연을 기다리던
꽈배기 도넛과 함께
전신을 피곤으로 짓누르던
거리 위의 난민 형제들
두툼한 껍데기 속
누렇게 태워버린 퇴근행렬들
반 등신 해체작업을 하면
스트레스 땀 인내의 순간들이
함께 버물렸던 하루
뒤섞인 향내로 움찔됩니다

낯선 땅에서
세속의 인연을 만났다며
위로 아닌 위안을 떨던
혼잡한 군집행렬의 인연들
사치스러웠던
델리봉봉*의 진열대를 곁눈질하며
전신노동으로 부풀어 오른
이방의 퇴근길 행렬을 걸어갑니다

* 주 : 델리봉봉은 호텔 고급제과점임.

난장 할머니의 생애

노량진 굴다리 밑
이음 진 틈새마다
깊게 베인 노년의 주름들
검붉은 껍질을 벗기던
산화작용의 흔적 마냥
좌판대 위에 누렇게 베여 있던
소외의 공간
굽이진 허리라인을 훔치고

구부린 육신이 버거웠던지
웃음마저 내려놓은 맑은 하늘
일평생 호흡으로 맺어진 땅거죽과
온 몸으로 친밀도를 나누고

날마다 앉은뱅이가 된 채
굳어버린 무릎 위의 육신
소나기 내리는 날도
함박눈 내리는 날도

한 치의 오차도 없이
이어 온 앉은뱅이의 생애

검붉은 난장 할머니의 무표정에는
좌대를 향하던 손가락 틈새마다
누런 보청기의 풍화작용만
꿈틀거리고 있다

Y자형 이어폰

청진기를 꼭 닮았습니다
배꼽을 닮은 꼭지구멍에
입술을 맞추면
태생을 뒤 흔들던 비밀의 세계

검든 희든
고저의 파동을 치던 음량장치
나선을 타고 휘파람이
힘겹게 밀려오면

지하철이든
버스이든
길거리이든
이어폰 귀고리를 단
설익은 세대들

호두알을 닮은 바퀴 두 개
선율의 목청이 된 채
침묵을 깨우던 비밀상자의 메신저

전철 바퀴의 굉음에도
버스 기사의 난폭 운전에도
길거리의 아우성에도
눈 길 한번 주지 않던
좌대의 낚시꾼들

오늘도 어김없이
태생의 비밀을 풀고 있습니다

오늘을 사는 사람들

생활 속에 파묻힌 얼굴들
코골이 할머니
수다쟁이 아줌마
엠피쓰리를 듣던 남학생
핸드폰에 미친 여학생

그 모습을 한번 보실래요
수시로 왔다 갔다
밀물과 썰물이 교차하던
"합정, 합정역입니다!"

전철바퀴를 따라 흐르던
오후의 뒤안길에 서서
삶의 향수에 취해버린
세상사는 모습들

한강에 심취된 여대생
자리다툼 아저씨
"합정, 합정역입니다!"

끊임없이
오늘을 사는
무관심과 이기심의
두 얼굴을 한번 보실래요

가상공간

가상공간에는
또 다른 일상들이 살고 있습니다

한강을 떠돌던
유람선의 동선 마냥
반복된 것 같아도
따분한 것 같아도
두 귀에 헤드셋을 밀어 넣고
마우스만을 클릭하면
일상의 나들이가 펼쳐지고

갈 곳이 없어도
할 일이 없어도
이야기 할 상대가 없어도
잿빛 같은 모니터의 유영 속으로
영혼을 꽂아 두고
두 눈을 밀어 넣고
손짓만 움직여도

행복지수가 뜬 날

야후에도
다음에도
네이트에도
자살소동
이혼소송
애정행각
차명계좌
상처 입은 사건사고 뿐

누구 하나
웃는 이가 없습니다

시간놀이

한 꺼풀 벗겨진 어둠을 뚫고
동녘에서 눈부신 태양이 개화를 합니다

고개를 삐쭉 내밀고
날다람쥐 마냥 비비고 일어나
뒤뜰에 늘어선 차량바퀴에 끼여
봉의산 일터로 떠밀려 갑니다

삼 개월의 계획된 시간놀이가 막을 올립니다

가상의 세계를 향하여
계획된 운영의 스타트를 끊고
숨 가쁜 토끼 마냥 봉의산 중턱을 오르면
정오에 기대어 선 시침소리

거북놀이가 막을 올립니다

행복지수가 뜬 날

자판 위의 쏟아지던 오후의 빽빽한 일정,
핏줄같이 돋아난 자판 위의 햇살들이
봉의산 뒷줄에 서 있던
낡은 아파트의 뒤통수 위로 피어오르면
반백의 호흡들이
느림보 시간놀이를 즐깁니다

오후의 대지를 밟고
서 있을 때면
순간순간 현실을 되새기던
시간놀이의 버거움이 사뭇칩니다

침묵이 흐릅니다
오후에 쏟아지던
버거움을 그 누가 알겠습니까?

이글아이

새부리 위의 두 눈
날카로운 눈매의 이글아이
고공의 비행노선을 타고
하늘높이 바람을 휘저으며
세상을 감시하던 눈 밝은 시야

매일 섭취해야만 될 비타민씨(Vitamin C)
100미터 앞을 못 볼 때면
눈 뜬 장님의 신세
마비되어 버린 각막

싱글벙글 마트의 전시대 위에
촘촘히 놓여 있던
프리미엄 비타민 워터
고공을 날다가
땅으로 내려 온
이글아이의 눈동자

유혹으로 손짓하며
나선의 둔갑술을 부릴 때면
이층 셋집에 살던
쪽방의 눈 뜬 장님도
원시의 유혹에 끌리어
마른 군침을 삼킨다

소통의 벽

소유의 권리 장벽을 세웠다

공간을 비틀고 늘려
콘크리트 철망 돌 더미를
겹겹이 쌓아 올린 교감의 장벽
너는 너 나는 나
오감의 소통을 울타리 친다

철망과 콘크리트 돌담으로
이중 삼중 두텁게
경계의 울타리를 친 장벽
눈 빛 조차 스며들 수 없던
장막 속의 공간

빛깔 좋은 넉살이
변명을 한다

벽을 허물고 싶었다던
숨통을 끊지 않았다던
또 다른 바리게이트의 실상
무딘 시선을 타고
빛바랜 옹벽에 갇힌 일상

너는 너 나는 나
검버섯 허울을 새겨 넣던
옹벽 사이로
경계의 붓 칠을 한다
그저 마주보던 그늘진 틈새
입 벌린 개구멍 하나가
다행스럽다

춘천발 서울행

삐-릭 삐-릭!
한 치의 오차도 없이
알림소리가 요란스럽게 떠들면
설익은 도시생활이 신호탄을 올립니다

토끼 눈에 시든
침낭 빛 짙은 잠결들
길 떠나던
춘천발 서울행 고속버스가
거침없이 질주를 합니다

맑은 구두 빛 광택 위로
빛깔 좋게 반사되며
아침을 열던 새벽뉴스
선착순 앞줄서기가 시작됩니다

행복지수가 뜬 날

철새가 둥지를 떠나던
춘천발 서울행의 시간여행
후미진 길목을 접어들면
도로 위로 주름진 시간들이
한 호흡을 거릅니다

일의 역설

내가 외면하면
당신은
공허한 부담입니다

말없이 찾아와서
정신과 육체를 짓누르던
탈수 현장
당신의 존재는
아낌없는 나의 헌신입니다

당신은 나에게로
나는 당신에게로
서로를 믿는다던
새빨간 거짓말의 단편

언제나 당신은
서슴없이 다가오던
또 다른 헛수고일 뿐입니다

그러나
내가 당신을 받아들이면
당신은 힘겹게 다가 온
현실이 됩니다

나의 생명
나의 에너지를 쏟아 붓던
생활 속의 힘겨운 현실입니다

개미인생

아침 저녁으로
거리를 나설 때에는
행진 행렬의 소란을 떨던
빈곤의 발걸음
매순간 더듬이를 흔들고
공터를 해매이며
줄달음질치던
검은 뿔테의 세상살이

장벽의 늪 앞에 서서
멈칫 멈칫되던
둥근 뱃살의 상하운동
호기심을 뒤흔들며
사방을 주시하던 눈빛
늘 상 더듬거리고
날 뛰며 휘젓던
반란의 몸짓

폭풍질주를 닮은
육각의 발사위들
좌우 흔들림 조차 없던
광란의 사냥꾼 몸짓들

작은 집게 입으로
옹골차게 베어 문
빵 한 조각에도
휘청거리던 너는

오늘도
장벽을 운명으로
받아들인 채
사방을 경계하며
둥근 뱃살을 흔들고
지체 없이 날 뛰며
줄달음질치던
가녀린 개미 인생

배기통 정치

일상을 뒤흔들던
가솔린의 파동
엔진 사이클을 돌며
탈색된 찌꺼기를 내뿜던
배기통들이
색깔논쟁을 풀어냅니다

희든 검든
이념의 실타래를
풀어 헤칩니다

오장육부가 뒤섞인 향내

흰 빛깔의 소금 끼 저린
좌선의 깃발들이
산화된 만큼 부풀어 오르면

검은 빛깔의 발효 끼 저린
우선의 깃발들이
변형된 만큼 날아오르면

색깔 논쟁을 퍼붓던
좌우의 향기 없는 깃발들이
칼날 같은 분계선 위로
두 눈을 이글거리며
서로를 향하여 달려갑니다

또 다른
회색 깃발들이
기다려 온 세월만큼
탈선도 잊은 채
주먹을 휘두르고 있습니다

이념의 벽

역사는
두 가닥으로 꼬인
심장박동입니다

우파와 좌파의 날 가지 마냥

우파는
권세부터 이익추구까지
해 뜨고 해지는 시간마다
자본주의의 독점 현상
우심방 길을 걷습니다

좌파는
노동부터 협동조합까지
해 뜨고 해지는 시간
사회주의의 빈곤 현상
좌심방 길을 걷습니다

두 갈래의 이념들이
다투고
싸워도
수레바퀴는 굴려갑니다

독점과 빈곤의 수레 길은
평행선의 줄타기일 뿐
또 다른
칼날 위의 이념일 뿐입니다

계급사회

잠시
두 눈을 질끈 삼킵니다
팔짱을 끼고
세상을 모두 얻은 듯
나불거리던
도도함의 현장

마치
삼팔선 위로 줄을 긋고
넘나들면
죽일 것 같았던
사생결단의 휴전선

폼생폼사의 등받이 꾼들이
기대어 서 있던 엘리베이터
온 몸을 관통하던
날벼락의 사선 줄이
그네를 탑니다

생사를 넘나들 때에도
늦가을이 돌아 왔을 때에도
빈껍데기만 나뒹굴던
두뇌 공간처럼
신음소리 조차 잠들지 않던
분노의 경계 영역

사선 줄을 긋던
거친 혼선으로
더듬이를
잃어버린 심장박동들
아침저녁으로
멈추어버린 박동소리
계급장을 달아 놓은
당신 때문에

명제풀이

살기 띤 눈에
배려가 없고
살며시 음식물 주변만을
맴도는 그대의 모습은
X의 명제

태양을 보아도
빛을 모르고
어둠만을 뒤 쫓던
그대의 무지는
Y의 명제

서글픈 운명의 화신
뒤 끝으로 줄달음질치던
변함없는
그대의 욕심은
Z값의 정답풀이

그대는
XYZ의 틀에 갇혀
현실을 벗어나지 못하던
웃기는 세상 방정식

호송현장

아침 전철역에서
이방인의 티를 내지는 말자고
일터를 향해 계단을 뛰어 오르던
군상들의 넋 잃은 아침

빽빽한 숲을 이루고
생활전선으로 가는 운송현장
주제넘게 이방 땅에서 온
낯선 이가 되고 거친 비난이 되어
이색풍경을 넘보지는 말자

이른 새벽의 찌푸린 날씨에도
온 갓 만물상을 이루던
아침 전철역의 낯선 풍경
피도 눈물도 없던 생존 현장이라도
이방인의 눈으로 바라보지는 말자

행복지수가 뜬 날

넋 놓고 살아가는 하루
거친바다를 거슬러 되돌아 온
연어 떼의 마지막 길이어도
출렁되던 힘겨움에
말없이 끌려가던 호송현장
홀로 거룩한 풍경을 즐기지는 말자

아침마다 서울역 시청역에서
호기심으로 가득 차 있던
낯선 이방인의 티를 내지는 말자

치과 보철

갈고 닦았어
마취된 입안 구석을
시커먼 장막 뒤에
은밀히 움막집을 세운
미생물의 천국

이웃집 흰둥이도
불안감에 휩싸인 듯
잠시 늦었다면
또 다시
재생의 기회가 없었단다

갈고 닦고
틈바구니를 메워도
어김없이 빈틈없이
검은 둥지를 틀고
움막을 짓는단다

행복지수가 뜬 날

그래서 씌웠어
금빛 은빛 도금으로
보철을 치고
진공 벽을 쌓았는데
결국 돈 먹는 하마란다

한우 국밥

주린 배를 채우러
한우 생고깃간에 갔습니다
핏멍들이 헤엄치던 새빨간 육수
쓰레기 무 파 고추기름
살붙이 양념을 쏟아 붓고
가스 불에 물결쳤을 삼투압의 파동
뽀오얀 뼈 속
응어리진 황달 끼 속살
방울방울 핏덩이까지 쏠려 나오면

아주 가끔은
파리 애벌레 곤충들이
운명의 도가니 제물이 되고
불순물의 심란한 눈빛이 됩니다
제 빛깔도 좋다지만
가슴을 조아리고 유혹에 빠져
죽어갔을 철없던 입수현장

때론 자의의 선택이 아니었음에도
애꿎은 유혹 때문에
함께 뒤 섞여 버린 짙은 농도
부글부글 끓었나 봅니다

둘. 상상과의 소통

선풍기의 핑계

클로버를 닮은 회전날개는
폭염 더위에 맞서던
용감한 바람개비입니다

심장의 돌기에는
정지 약 강이란
지체 밖에 없어도

스위치를 누르면
통곡소리를 뱉어 내며
꺼이~꺼이~ 울다가도

폭염과 맞선 삶은
다 그런 것이라고
그렇게들 산다고

언제 그랬냐는 듯이
스스럼없이
회전 날개를 접습니다

사월의 개나리꽃

개나리 피네
개나리 피어

길 다란 방벽을 따라 가지런히
선을 긋고
노랗게 물든 염색머리의 찰랑거림

때가 되면
스스럼없이 꽃으로 되살아나던
사월의 햇살
한 모금 한 모금
환희를 머금고 터지던
꽃 몽우리들

탄성의 팡파래를 뿌려 놓은 듯
거침없이 발광하던 웃음바다
바람을 타고 시샘하던 노을조차
붉은 농도의 햇살을 터트리며

방벽 외진 틈사이로 스며들고

휘청 휘청 이끌려가던
시내버스의 늙은 손님 입가에도
사월의 눈부신 햇살
온 천지 곳곳마다
노랗게 물든 웃음으로

개나리 피네
개나리 피어

늦가을 빛 화장

허기진 정오의 갑곶 외성은
여울목을 따라 바스락 거리던
물 떼의 늦가을 빛 화장

은빛 햇살로 물든 여울
축축한 머리 결 위로
옷깃을 여민 고깃배들
콧등처럼 우뚝 솟은 갯바위 위로
감귤 빛 주름 고인 망사그물의 해맑은 미소
나선의 둥근 입술을 닮은 처마 등 교각은
온 몸을 휘감은 겨울코트의 이른 선율
해초들의 깔깔 웃음이 되고

어느 새 암갈색 검은 죽음 깨들
어둠의 밀물을 이끌고 돌아오면
가슴 속 요동치던 내 영혼은
여울물을 흔들어 깨우던
무지개 빛깔 구름기둥들

뒤 돌아볼 여유도 없이
강 건너 회귀할 도시를 향해
바스락 거리던 여인을 품고
옷깃을 여민 채 둘레 길을 따라
또 다른 고기잡이 어선이 되어 간다

도심으로
또 다른 미련을 낚으러 간다

* 주 : 갑곶외성은 강화역사관 옆의 돈대로서 외성의 군사기지임

발가락 건반

차도녀*의 발가락 건반이
조가비를 닮았습니다
앞니 빠진 샌들sandal사이로
들었다 놓았다
리듬 악기를 타며
발타작을 합니다

유난히 빛나던
다섯 발가락의 은빛 진주들
피아노 건반을 조율하던
네일아트의 율동마저
리듬을 탑니다

샌들을 두드리던
나선의 부챗살이 되어
엇박자의 가위질을 내젓고
부끄러움도 잊은 채
전신을 뒤 흔듭니다

행복지수가 뜬 날

그녀의 발가락 사이에
머물렀던 호기심의 눈길
심란했던 심장박동을 다독거리며
부스러기 춤을 춥니다

차도녀의 살벌한 냉소에는
겉과 속이 다른
들뜬 피아노 건반을
깔아 놓았는가 봅니다

*차도녀 : 차가운 도시 여자

라데나의 아침

이른 아침 라데나*의 창 너머엔
새벽 동요를 부르며
날 세워 놀던 둥근 달님
금빛 햇살의 성가신 재촉에도
철없던 속마음엔
호수의 아침 눈시울에 반해
늦장을 부리고 뒤척이다가
시간의 급물살을 타는데

간밤에 못다 이룬 호수와의 연정
너울거리던 은빛 물결 위로
짙은 물안개만 토해 내는데
게걸음치듯 산 너머로 뛰어가던
하얀 백지장 같던 새벽 얼굴엔
끈질기게 숨 막히던
여울 빛 눈시울만 가득합니다

* 라데나 : 춘천 의암호의 휴양콘도임

내 마음의 풍금

어린 시절의 밑 둥지를
함께 가꾸었던 추억들
잊고 지냈던 30년의 세월
다시 붙잡았던 기억의 틈새

낡고 헤어진 앨범 속살에는
한 뭉치 세월을 넘어 선
인고의 그림자들
제각각의 모습이어도

시장 통 어귀에서
되살아나던 옛 이름들
해 맑았던 6학년 3반
내 마음의 풍금소리

머그잔의 늦깍이 변명

누가 만들었을까
붓 칠만 묻혀 놓은
취객의 솜씨였을까

회전목마를 타고
시간의 굴레를 벗어 던진 채
휑하니 미쳐버린
물레의 발길질이었을까

어째든 손잡이를 받쳐 들고
커피를 담을 텅 빈 공간의 도가니로
제 운명을 타고 났다고
제 몫을 다했다고
세트 잔이 싫어 머그잔으로
태어날 수밖에 없었다던
늦깍이 변명

애뜻한 거짓말은 어땠을까
태어난 것 그 자체만으로도
청자 아미를 닮지는 못했어도
백자 몸통을 닮지는 못했어도

낱 줄 같은 매화가지의 총총거림
만국기처럼 나부끼던
개그와 유머의 각색인생이라도

별자리 펜션의 하루

동강 어귀
빛바랜 자갈밭 은빛 너울
밤새 회돌이 치며 놀다가
동이 트는 아침
시골 할미의 헛기침에 놀라
멈추어 버린 심장박동들
앞마당 복사꽃 사이로
숨어 버렸나 보다
잎사귀를 뒤 흔들며
승천하듯
절개지 절벽을 타고 오르던
쪽빛의 아침 안개들
모래밭 폐타이어의 흔적 마냥
세월을 이기고 선 생명의 인고
동강어귀 동굴바위 마을
별자리 펜션의 늦둥이 아침
설익은 헛기침 소리
산 까치의 나팔수 소리

해 맑은 아이들의 등교 소리

도시 총각의 하루살이

해탈마저

어느 새 은빛 너울 속으로

숨어 버렸나 보다

삼인삼색

원통의 둥근
나뭇결 시계 속에는
키가 다른 삼형제가
각각의 생활방식으로
살아가고 있습니다

몸짓이 작고
뚱뚱한 첫째 놈은
무딘 심장을 갖고 있어
시간時間을 저울질하며
느림보처럼
노닥거립니다

키가 큰
둘째 놈은
여린 눈빛을 갖고 있어
분간分間을 저울질하며

행복지수가 뜬 날

허기진 운명처럼
뒤 따라 갑니다

가냘프고
여린 막내 놈은
거친 입술을 갖고 있어
초간秒間을 저울질하며
일상처럼
바르르 떨고 있습니다

너희들은
현실을 품고 살아가는
삼인삼색의 자화상들
저마다
뾰족한 운명을
내딛고 있습니다

경춘선 우주여행

매주 마다
태양계를 돌고 도는
휘파람 우주여행
시공을 넘어
지구에서 토성까지
쿠쿠쿠~ 달립니다

우주비행의 신바람
은하철도 999
낮 술을 머금은 듯
땅 빛 가로수에 신들린
평내 호평별

신비한 우주의 여곽
환희에 찬 웃음소리
시끌벅끌
빅뱅의 긴 나래를 품은
청평별 우주인들

행복지수가 뜬 날

또 쿠쿠쿠– 달립니다
4인용 비행접시와의 속도경쟁
가평별 강촌별
신들린 행락객들과의
한판 승부

또 쿠쿠~ 달립니다
오메가의 별 끝 마을
우주 안내인의 마지막 멘트
미지의 별 춘천입니다
우린 우주인입니다

서울 도깨비 월드

지하세계에는
전동열차가 멈출 때마다
타고 내리던
도깨비 나라의 환승놀이
열렸다 닫히는
출입문의 요술놀이

한국 도깨비
일본 도깨비
미국 도깨비
환승통로를 점령한
살구 빛 혹 주머니들

전동열차가
지하세계를 질주하면
마법에 걸린 환승객들
코골이 춘곤증을 앓기도 하고
도란도란 되던
겁 없는 수다쟁이들

한 무리의 터널 빛
꿈꾼다

봄이 오는 여정

봄비가 헬스를 합니다
힘줄 굵은 육체파 배우의
땀방울 소리가
사방으로 쏟아집니다
사구의 형광 빛이
일렬횡대로 줄지어 서서
관람석을 메우고

일정한 간격으로
자리 잡은 아파트 창문들
그 틈 사이를 스며들던
노을빛 전등
밀집된 주거단지를 헤집던
묵주 알을 닮은 땀방울들이
둔탁한 호흡소리를 내 뱉으며
떨어집니다

행복지수가 뜬 날

불 꺼진 왕王자의 창문들이
쌍둥이 형제 마냥
깊은 동면을 깨뜨리고
한 몸으로 제작된
징검다리를 닮은
육중한 횡단보도의 실선들
그 틈사이를 스며들던
삼월 초순의 육체파 배우들
빗방울 떨어지던 말발굽 소리가
봄으로 가는 다듬질 마냥
대방동 창문마다
거친 숨소리를 뒤 흔들며
깊게 괴입니다

봄이 오고 있습니다

겨울 달님의 다이어트

강바람을 타고
날아 온 겨울 달님은
겨울 내내
비우고 채우는
다이어트를 합니다

한 때에는
육중한 비만의 몸매
차디찬 대지를
포근히 감싸 안은
너그러운 보름달

또 한 때에는
휘청거리듯 가녀린 눈매
청자사발을 닮은
날렵한 눈썹 휘날리던
차가운 초승달
땅으로 떨어지던

한 줌의 슬픔
어둠으로 뒤덮여
동동 발걸음을 치며
몸 사래를 떨던 그믐달

강바람을 타고
날아 온 겨울 달님은
온 몸을 파동 치며
시린 춤을 추던
겨울나기의 향연

온 몸을 뒤흔들며
한겨울을 보냅니다

휴게실

십 평 남짓
자투리 공간
넋두리에 지친
수다쟁이들

오고 가는
손님들
의자 등받이에 기댄 채
재충전 모드로
돌입하면
오감을 자극하던
공간 속의 유혹

이디야 커피
텔레비전
에어콘
현금인출기
안락의자

행복지수가 뜬 날

꼬깃꼬깃
구겨진 여유시간
눈길을 유혹하던
식음료 광고판들이
소음에 밀려 나며
손님맞이
지갑을 털고 있다

노란 은행잎

노란 손수건이
길바닥 위를
나뒹굴던 가을

나비 떼의 날개 짓이
고요를 삼키며
둥지를 튼 노란 햇살나무

금빛 햇살더미를
대지로 끌어내리던
손짓마다

노랗게 물든 조가비들이
부끄러워
유혹을 삼킨다

늦가을을 탄다

차창 밖의 봄비

뿌연
안개 속
전신을 드러내던
하늘 손님

힘겹게
버티고
서 있던 순간

사선으로
흐르던
숨가쁜 고백

버거운 듯
그리움이 넘친다며
도르륵 도르륵
굴러가던 빗방울들

통풍환자

콕콕 찌르던
바늘 끝의 신음소리
참을 듯
울부짖던 통증에
넋을 잃었다

바람이 불어오면
탁탁 거리며
계단을 오르던
목발 소리가 들렸다

매미잡이 소년

아이들 서넛이 모여
영웅담을 쏟아 놓는데

"내가 매미를
 얼마나 잡는 줄 알아"

한 마리 땡!
두 마리 땡!
세 마리 땡!

"이 십 마리 잡아"

한 아이의 영웅담이
양떼의 숲가에서
잿빛 연기를 피워 올렸다

용산역 우주시대

그 날이 오면
내 나이 아흔 세대
눈멀고 귀 먼
늙은이의 투자 심리
또 다른 별나라를 개척한
콜롬버스의 영광
용산역 우주시대가 오겠지요

가끔 주말이 되면
반값의 할인 혜택
KTX 우주열차를 타고
잠시 태양계를 벗어나
전갈자리의 발광 성단으로
별나라 여행을 가겠지요

지구 대기권을 맴돌던
크고 작은 위성도시별
지정석이 없던 우주전철

커피 한잔 손에 들고
한입 베어 문 햄버거
교통카드 속 지구인들
아침 저녁 출퇴근하겠지요

태양계의 동서 신설노선
토성행 준고속 우주열차
KTX의 뒷 그늘로
티끌처럼 휩쓸려간
노후화된 무궁화호
과거를 되돌아보면
별나라 행行 개발 투자
잔뜩 몰려 오겠지요

애매했던
별나라 시대의 뒷 터에도
사라질 줄 모르던
투자열풍의 환상

그 때나 지금이나
시공을 초월한 우주개발
듬뿍 쌓여 있겠지요
너도 나도
티켓팅을 하며
환상 속 우주를 향해
별나라 행 투자 여행
함께하고 있겠지요

행복지수가 뜬 날

허물은 흔적이 남는다

낡고 낡은 습관에도
삶은 흔적을
닦고 지우려 해도
지우기 힘든 허물

시간이 바뀌고 흘러도
비가 내리고
바람이 불며
눈이 내려도

그림자 마냥
달라붙은 검버섯 줄기
눈마저 뒤 덮여도
비웃음의 흔적이 되어
뒤따르고만 있다

암사동 유적지1 - 공간이동

두근거리던
새벽 호기심은
암사동 타임머의 심장
빗살토기의 근원지를 향해
육천년 전의 군락 속으로
공간이동을 한다

아침이 되면
은빛 자갈 밭 너울들이
탈색된 전신을 타고 흐르던
광나루의 움집들
머리카락을 닮은
갈잎의 대롱마다
빗장을 연다

한낮이 되면
다부진 근육은
야생의 면상 위로

빗살무늬를 새겨 넣던
칼날 같은 촉수
광나루 일대를 헤집던
숨가쁜 호흡소리

저녁이 되면
화덕 가에 모여 앉아
허기진 빈곤을 다독이며
제 몸을 갈아내던
돌도끼들이
경계를 선다

섣부른 하루가 간다
대롱 끝에 매달린
갈색 군락들이
강동구 암사동으로
공간이동을 한다

암사동 유적지2 – 상상 퍼즐

과거와 현재를 잇던
문명의 밧줄은
시간함수를 대입하면
상상의 퍼즐 속으로
그네를 탄다

암사동에 흩어진
숱한 일상의 퍼즐들이
움집 화덕 사이에 놓인
나뭇가지 마냥
익살스럽다

빛바랜 고깔을 닮은
까치구멍들
갈대 이랑을 엮어 만든
입 벌린 움집들
흙토기의 밑 둥 만큼
깡마른 훈제구이의 빗살들

암사동 신석기의
수수께끼를 풀어내던
잊혀 진 상상들
또 다시 그네를 타면
담장너머엔
빼곡히 들어선 빌딩 숲

또 다른 퍼즐들이
그네를 탄다

암사동 유적지3 - 문명의 블랙홀

앳된 운명은
생존형 문명을 닮은
시간 속의 유혹
암사동을 향한
스마트 폰의 셔터는
검게 삶은 탄화의 증인

언제부터인가
함께 모여 살며
돌칼을 갈고 보습을 들고
광활한 대지 위에 서서
생명을 뿌리고 거두었을
정착생활의 전신들

시간의 유혹을 넘어
절개지 속으로 묻혀갔을
암사동의 옛 증인들
허름한 까치구멍 사이로

생존현장의 집단인장을 찍고
토착민으로 살아갔을
이 땅 위의 블랙홀들

하나 둘 터 잡았던
그 자리엔
나란히 기대어 선
도시의 가로등 빛만
문명을 기억하며
교감의 블랙홀 사이를
넘나들고 있는데

노동의 형상

세 명의 거인이
버팀목이 되어 우뚝 서 있다.
발가벗은 나선의 육신은
해머의 육중한 무게만큼이나
불끈 솟은 후방위의 거센 자갈밭들
전장의 전차군대처럼
대기조의 부푼 근육들이 이글거리고
두드리고 펴고 구부리던
거인들의 장단 맞춤

한 치의 빈틈도 없이
거친 뒷 발꿈치 위로
곧추 세워진 근골의 행렬들이
전신을 짙은 굴곡으로 엮어 놓는다.

정오의 뙤약볕 아래에서
쉼 없이 전신을 타고
쏟아질 것 같은 땀방울들

　　　　　　　행복지수가 뜬 날

무노동 무임금의 거미줄이
섬광 같은 먹이사슬의 빗장을 걸고
축적된 자본의 잔혹성만큼이나
시간의 굴레 속에서
부푼 근육들이 이글거린다

산단풍

빨간 치마
푸른 치마
노란 치마
입혀 놓은 산, 산, 산,

너무 좋아!
너무 좋아!

저 좀 봐라!
저 좀 봐라!
그림을 그려도
저렇게는
못 그릴 거다

호들갑을 떨던
늙은 할머니 입가에
야릇한 환호가
흘러내린 가을 산
곱게 물든 산단풍이여!

행복지수가 뜬 날

침묵 사인

기차간에
엄마 아빠 아이들이
뒤섞였다

들뜬 오감의 전율에
입술을 오므리고
지즐되듯
나불거리던 네 살배기

쉬쉬! 쉬~이
아빠의 검지 손가락이
입술의 빗장을 걸면

시끌버끌 하던
기차바퀴의 요동소리가
침묵의 레일을 구르며
어둠의 터널을 지난다

셋. 영혼과의 교감

롯데리아엘 가면

불고기 버거
아메리카노
허기진 입맛들

기다림으로 서 있던
주문행렬 사이로
툭 터진 엄마의 목청

"야 자리에 가서 얼릉 앉아!"

냅킨을 뽑아든
아이의 배기통이
과속페달을 밟으며
바람을 뿜는다

쿠쿠는 밥을 짓는다

별칭 강아지 쿠쿠는
밥을 짓는다

창가의 그늘진 자리에
둥지를 틀었다
두 주먹 반의 흰나비 성충들
집단 수몰현장으로 내 몰리고
철컥 수문이 닫히면
댐 수몰지구의 물거품소리
암 흙의 블랙홀에 갇혀
부글부글 거리며
환생을 꿈꾸었던 도가니

잠시 지쳐 버린 것일까
환생의 비밀을 감추어 두었던
외눈박이 회색 눈동자가
쾌속 시동의 심장박동을 일으키고
생의 경계를 넘나들던 버튼 사이로

　　　　　　　　행복지수가 뜬 날

취사 보온의 꼭지머리를 뒤흔들던 기세
한껏 부풀어 오른 생의 진동들
고온 압력의 폭죽이 터지면
갈증마저 삼켜 버린
우유 빛 흰나비 떼들이 환생을 한다

별칭 강아지 쿠쿠는
허기질 때마다
시간의 블랙홀을 넘나들며
흰나비 떼의 환생을 짓는가 보다

늙은 애호박

지구본 위에
굵은 못 자국을 그었다
나눌 운명선이 깊은 것처럼
뽀얀 곡선미가
투박한 얼굴로 반사되고
옆구리에 돋아난 흰 돌기처럼
탈색된 세월을 감싸 안고 있다
잿빛 열기의 폭염 때문에
혼미한 정신세계를 넘나들던
숱한 햇살받이들
힘겹게 땅 위에서 호흡하던 잎사귀들이
둥근 나이테를 한 뼘씩 새기며
늙어갔을 인고의 생명주기
열사병에 늘어진 광야의 밑바닥이 되어
뿌리부터 줄기까지
호흡을 잃어갔을 자아의 둔덕

메마른 껍질이어도
세월을 견디어 낸
늙은 실상의 인고만큼은
한낮의 윤기를 내뿜고 있다

생의 길을 찾다

반디앤루니스에서
갈 곳을 잃고 끙끙 거린다
자칼처럼 광야를 떠돌며
이곳저곳을 어슬렁 거린다
이내 해매이던
무딘 시야에서 벗어나
진열된 호기심의 모퉁이를 찾고
불쑥 튕겨져 나온
한해의 대표시선들
속앓이 고통이 끝나버린
해산의 끝을 들여다 본다

얇은 겉표지에 묻힌
속 끓던 애정들
부푼 실오라기 마냥
새겨 놓은 양각 번민들
부끄러움도 있었을 것이다
후회도 있었을 것이다

시인의 운명으로 태어나
밤새워 고뇌했을
영혼을 쏟아 붓던 흔적들
신명나게 북 치고 장구 치며
고백했을 것이다

길을 찾던
광야의 자칼들이
반디앤루니스의 나선형 미로에서
진열된 시인들의 생을 찾아
끊임없이
해매이고 있을 것이다

밤바다 위의 광란

거침없이 휘몰아치며
물벌레들이 솟구쳐 오른다
흰 거품을 수북이 쏟아내며
사르륵 사르륵
까무러치던 심장소리

암 바위의 언저리마다
이리저리 부딪치고 흩어지며
새벽길을 열던 군중의 몸짓
애끓던 광란의 소란을 뚫고
짙은 허공 속을 떠돌던
이방의 등대불빛들

행복지수가 뜬 날

또 다른 길을 찾으며
밤새워
미련을 떨며
발광하던 오징어잡이 어선들
빛바랜 광란의 몸짓에도
새벽여명을 기다리던
허기진 이유가 있는가 보다

인공^^아이스^바지

형 때문에 바지에
팥빙수를 쏟았잖아!
무섭게 쏟아지던
동생의 원망

"뭐라고~"

칼날 위에 선
형의 외마디 음성

잠시 눈으로
마주친 교감의 성벽

"인공^^아이스^바지"를
해 보세요

"인공^^해^보세요"
"아이스^^해^보세요"
"바지^^해^보세요"

주눅이 든 동생의 마음엔
엄마의 심장이
머리에서 발끝까지
힘껏 돌았다

기러기 1

마치 낯선 땅위에
스스럼없이 죽어가던
고목나무의 가지 끝에
매달린 현실

살아가기 위하여
살아남기 위하여

힘겹게
전신을 흔들며
발버둥치고 울다가
새벽잠결에
축 늘어진 아침

그게
매일이다

기러기 2

끝없이
멀리 서 있던
지평선 위의 손짓

홀로 산다고

빙긋이 웃고 있던
겉모습 표정만 보며
간섭이 없다며

부러워하던 너!

홀로 사는 게 뭔지
웃는 건지
우는 건지

그게 궁금하면
한번 해 볼래

기러기 3

텅 빈 산마루에
쓰러진 고목 위로
폭풍한설이 쌓이던
대관령 고갯마루 같다

냉기에 파묻힌
바닷가의 파도소리
가슴을 파고들던
시린 겨울바람

한 쪽 가슴의 전율이
냉기를 불러내는 데도
메마른 장작더미를
태우고 태워도

끝이 없던
기다리고 기다리던
시간의 지루함
쓰라린 자화상이다

기러기 4

속 깊이
그리움을 채워 넣었다

백색을 닮은 겨울 하늘이
내 속에 사는데
마냥 살고 있는데

매일 매일
그려 넣어도

어둠이 내리면
백색의 둥지엔
냉기만 돌고 돈다

기러기 5

한밤중이 되면
날개옷을 갈아 입는다
어딘가를 향하여
곧게 뻗은 나뭇가지 가에
경증 우울증에 걸린 바람이
한 숨을 몰아쉬며 머물다 간다

백열등이 땅거죽 위로
쏟아내던 탄식의 불빛
광란 끼 섞인 엠블런스의 질주
호흡이 끊기 듯이
잘근잘근 씹히던 탄식

이제부터 날개옷을 벗겠다고
겉모습을 웃음으로 채우는데
어디론가 날아가던 바람이
속없이 텅 비었다는 것을

행복지수가 뜬 날

잠시 머물다가
또 다른
경증 우울증이 있다는 말에
날개옷마저
한 숨을 쉬러 가는가 보다

기러기 6

잡념 없이 멀리 갔다가
돌아오면 뒤탈이 난다

몸서리 치고 울며
눈 밑 창가에 떠돈다

살아가고 있는데도
현실 같지 않다고

끝이 있다고
다짐을 해도

무거운 입김만
창가에 묻는다

행복지수가 뜬 날

길을 찾는다

그 끝은 어디인지
굽이졌다 가도 펴지고
오르다 가도 내려가는
굴곡진 음률

만나고
헤어지는 인연이
많든 적든
끝을 향해 달려가던
시간의 질주

그 끝이 어디인지
난 지금도
길 위의 한 점으로
서 있을 뿐인데

갈대의 춤사위

고가도로 위에
유선형의 나신을
뒤 흔들던
반백의 머리카락이 보입니다

"거기 왜 있니"
"운명이니, 선택이니"
지나가듯이 물어 봅니다

가녀린 대롱 같은
개미허리를 껴안고
헝클어진 머리카락에도
인고의 구리 빛 허리춤에도
흘깃거리다 거두어 버린
세상 눈매를 봅니다

작은 파장의 바람결에도
전신을 떠 맡겼던 한 세월

행복지수가 뜬 날

낡은 기억을 휘날리듯
나선의 나신을
뒤 흔들던
반백의 머리카락입니다

홀로
웃고 울어야만 했던
인고의 춤사위
반백의 백발머리를
정신없이 뒤흔들던
늦가을의 갈대입니다

푸념

왜
묻지도 못했는지 모릅니다

단지 볼 수도 없고
단지 들을 수도 없다는 이유만으로
그렇게 매일 앞만 보고
뒤쫓고 뒤쫓았던 현실인데도

결국은 진흙 빛 산사나무의
넋두리 잔가시에 질렸습니다

가끔 마음이 시린 날에
땅과 바람과 비를 곁눈질만 했어도
거친 호흡을 뿜어내던
현실만은 아니었을 텐데도
어디로 가는지도 모른다며
공원을 돌고 돌며

　　　　　　　　행복지수가 뜬 날

체념 섞인 신세타령을
내 뱉지는 않았을 것입니다

왜
생각마저 그랬는지
미련스러운 행동 때문이었는지
체념 때문이었는지
현실 때문이었는지
여전히 푸념만 합니다

황금빛 광채

달무리들이
서로를 호위하며
쏟아내던
황홀한 달빛에 젖으리
여린 호흡으로
숨결을 불태우며
정점이 되어
잿빛 산야를 밝히던 파수꾼의 광채

하나님의 눈부신 창조에도
홀로 빛이 되어
어둠을 밝혀야만 한다면

잿빛 그늘에서
얼굴 없이 모여 앉아
쑥덕거리던
천근같은 별들의 질투에도
본분을 잃어버린 채

뒤뜰에서 수군거리던 별빛조차
부끄러움에
스스로 제 운명을 파묻게 하리

차라리
어둠을 밝혀야만 한다면
제 몸을 불사르며
뒤 따라 가던
눈부신 황금빛 줄기가 되리

그녀는 나에게

그녀가 내게로 왔다
풋풋한 새내기 향수발을 풍기며
여울물이 발끝을 들고 소란을 떨던
두물머리의 밀물을 타고

한 줄 한 줄 떠오르던
이랑을 타고
바람과 함께 그녀가 왔다

숱하게 지워 버렸던 바람의 채취였다
겨우 산등성이를 오를 때
감성 고리를 당기며
눈치 없이 쏟아 붓던
허공의 소나기였다

고뇌와 절망의 세계를 벗겨내던
비밀 세계의 열쇠라고
아니 자유가 그리워 떠돌던

행복지수가 뜬 날

성난 부랑아였다
그녀는 노을 속에도
그녀는 계절 속에도
그녀는 터널 속에도
시공의 블랙홀 속에도 있었다

날마다 마음으로
생각으로 펜 끝으로
순간의 미학을 옮겨 놓을 때
부끄러움도 잊은 채
그녀가 왔다

예고 없이
그녀가 왔다

하늘정원엘 가면

도로 위의 숨죽인
빌딩들이 몸서리를 친다
길죽날죽 다듬어진
각선의 둥지들이
계절도
바람도 잊은 채
쉼터의 공간도 없이
빛바랜 흔적만을 남기는데

짧게 다듬어진
까까머리의 정원수가
바람을 맞으며
흥겹게 춤추던 하늘공원에는
덩실 되던 나뭇가지 마다
하얗게 내려앉은 햇살들

멋쩍은 얼굴로
게이트를 빠져 나가려던

만삭의 계절을 붙잡는다
잠시 바람이 없어도
잠시 웃음이 없어도
동심들이 꼬셔내던 흥겨움만이
하늘정원으로 날아 든다

생을 잃어버린 텃새들도
햇살 부스러기를 쪼으며
얼음땡 터뜨리던 놀이에
덩실춤을 춘다
전신으로 쏟아지던 웃음이
배부른 나뭇가지 마다
몸에 베인
두터운 껍질을 풀어 놓는다

마법에 걸린 이기심 조차
덩실 춤에 흠뻑 젖는다

마린데코

잔물결 옅은 입맞춤 결에
솜털 같은 빗방울들이
소금 끼 저린 동해바다 위로
우유 빛 바다정원 위로
떨어집니다

수면 위를 방황하던
낯선 새 한 마리가
생生의 푯대를 향해
영혼의 날개 짓을 치고
두 손 모아 기도하던
새 천년의 마린데코
운명의 간구마저
서툰 고뇌가 되던 이른 아침

이제는 풀어주소서
내 삶의 흔적이었던
잔물결의 기억들을
나의 기도와 감사함으로
오직 풀어주소서

빨래 건조대

온 종일 두 발을 벌렸다
허수아비의 모습으로
양팔도 힘껏 제꼈다
죄인의 모습으로
매달린 자리도 제각각이다

치렁치렁 물먹은 묵은 떼가
과거의 상처를 치유하듯이
일그러진 외상마저
나란히 포개어 접고
회개의 기도를 한다

삼각대의 교수대가
나란히 줄지어 섰다
한 접의 육신을 매달고
양팔을 벌린 허수아비들
탈색된 백색 침묵이 흐른다

행복지수가 뜬 날

시간이 지나면 지날수록
나폴 나폴 매달린
나의 외상들
또 다른 은총의 빛받이로
해 맑게 빛나야만 한다

캔 사이다

아이의 고동 눈빛은
레몬라임 향기를 품은
꿈의 눈높이 잣대

초록별 성단으로
원통형의 타임머신 캡슐을 타고
곱 사리 작은 손등을 흔들며
터질 것 같던 불균형의 몸짓
별똥별 튕겨져 나오던
탄산별님의 아우성
불꽃놀이의 별똥별님을 마신다

나의 갈색 눈매는
단맛에 깃든 현실 충족
겹겹이 쌓여있던 목 줄기

있는 그대로
캔 사이다의 함유성분을 읽고

행복지수가 뜬 날

몸의 균형을 조절하며
생의 저감지대를 걷던
목마르고 응고된 용암 덩어리
도시 분화구에 모여 살며
별빛을 잃어버린 낡은 가슴 뿐

꿈에 부푼 어린 눈짓은
일곱 개의 형제별
곱 사리 작은 손에 쥐고
캔 고리를 당길 때마다
별똥별님의 불꽃 향연
현실을 넘어 선
상상 속의 초록별 음료수
작은 몸짓에도 힘차게 발광하던
별빛이 물든 별똥별님을 마신다

* 2012년 11월 이명현군(君)의 동심을 듣고 쓰다.

벤치 위의 고백

잠시 쪽빛 같은
레츠비의 단맛이 꿈틀 거립니다

회상의 소용돌이가
비틀 거리며
머물던 작은 벤치
아파트 외곽의 소공원 가에
다리가 넷 달린 벤치

허름한 몸으로 걷지도 못 합니다
붙박이 외모의 낡은 현실입니다

시간의 바퀴살을 굴리면
갓 길 위로 뛰어가던
어린아이의 달음질 속에
숨 쉬고 있던 과거의 회상들

또 한 번 틈새를 찾습니다

기억의 기억을 되씹으면
메스꺼운 도시의 일탈 뿐
현실을 조율하던
운명 조절장치가 마비된 채
풀어 놓았던 죄상들

세월 풀이를 하다가 지쳐
넋을 놓던 순간에도
붙박이 벤치 위로
짓눌린 가을 햇살만이
실눈을 뜬 채
해맑게 웃고 있습니다

또 다른 단맛의 레츠비가
꿈틀 거립니다

사역의 땅으로

남방 적도를 깨우러 갔습니다

해마를 닮은 남방의 땅을
불기둥 구름기둥 앞세우시고
사도행전의 발걸음을
밝히시던 주님의 행보

설 자리 없던 주님의 성전
애끓던 심령 속으로만 스며들고
온 천지 떼 지어 몰려가던
이룬 행렬의 끝없는 공간 장벽에도

고기잡이 그물을 어깨에 메고
인도네시아 캄보디아 베트남으로
생명을 낚던 어부의 눈물 간증
추방된 빚진 자의 그 마음을

　　　　　　　　행복지수가 뜬 날

붉은 십자가를 손에 쥐고
해마의 땅 끝까지
부름 받은 침묵의 남방사역
황토 빛 물결 위로
하늘빛 아오자이가 춤을 춥니다

일본을 품다

더 이상 버티기 힘들었는지
말 한마디 상의도 없이
소자본 옷가게는
최후의 선택을 합니다
폐기처분 전前까지만 해도
한껏 부풀었던 금빛잔치는
겹겹이 쌓여있던
폐차장의 옷가지들 마냥
제 목숨을 다했습니다

겹겹이 나의 인생을
폭탄세일로 쏟아냈습니다
또 다른 삶을 준비하기 위한
부활의 전주곡이라고
불꽃 속 제련과정을 통해
연단되어야만 한다며
열정만을 불태웠습니다

그리곤
자진 폐업신고를 합니다
꿈에 부풀었던
과거의 흔적들이 되살아나고
흰 장막 속 붉은 빛 한 점이
온 몸을 휘감으며
나의 고백으로 살아납니다

나는
흰 장막 속에 놓여
꿈틀되며 환하게 밝아지던
붉은 보름달을 만났습니다
나의 소명이었습니다

양치질

잇몸 사이에 베인 고춧가루
짙은 뒷맛 때문에
한 뼘의 브러쉬는
정신이 없다

앞뒤 위아래로
뿜어 되던 펌프질
먹다 남긴 떨기마저
솎고 솎아내면
입 안 가득 고이던
하얀 진주 빛 정경

가지런히 서 있던
서른 두 개의 정경들이
입 안 가득히
백자 빛 환호를 풍긴다
해맑은 타종을 친다

행복지수가 뜬 날

하나님 땡큐

예배를 드릴 때는
주를 향한 사랑으로
하나님 땡큐

말씀을 읽을 때는
주를 향한 묵상으로
하나님 땡큐

기도를 드릴 때는
주를 향한 믿음으로
하나님 땡큐

항상 하나님께
축복받은 영혼으로
땡큐 땡큐

끝나지 않은 여행

표류하던 뱃조각이
북한강을 돌고 돌았다
부지런히 강화도로 흘러가는지 모른다
처음이 어디인지
끝이 어디인지
배 앞머리에 서서
지루한 물길을 가로 지르던
시간만이 출렁거린다

광활한 바다로 떠내려가던 도피였을까?

처음과 끝이 연결된
시간의 간이역을 엮으며
누구를 위해, 무엇을 위해
어디로 가는 지도 모른다

생生의 표식을 채우던
희망의 전주곡일 뿐이다

행복지수가 뜬 날

그저 되돌아보거나
현실도피의 자기 선택일 수 있다
기차를 기다리던 간이역에서
한참을 기다려도
플랫폼을 밟지 못하던 경적소리
버스를 기다렸는데도
정원초과의 승차거부에 떠밀려
담장을 돌아 나가던
허기진 인내의 목마름

그저 잃어버릴 것을
더 이상 잃어버리지 않으려고
또 다른 경험을 쌓고 있던
굴곡진 흔적인양
끝이 없는 길목에서
우연히 만난 일탈일 뿐이다